AF336300

PRÉFACE

DE LA COMÉDIE

DES

PHILOSOPHES,

OU

LA VISION

DE CHARLES PALISSOT.

ET le premier jour du mois de Janvier de l'an de grace 1760. j'étois dans ma chambre, rue baſſe du Rempart, & je n'avois point d'argent,

ET Madame ** ne me payoit plus, parce que je ne lui étois plus bon à rien & je ne pouvois plus

M. Palissot s'est proposé pour but en faisant =a piece des philo-=sophes, de rendre Odieux M. M. de Montesquieu, Voltaire, Diderot Duclos, Dalembert, le c.te de Lauragais, helvetius, Grymm, Buffon, m.de Geoffrin, Rousseau de geneve, Tourraint; et en general les gens. de letres qui travaillent a l'éncyclopedie.

M.de Geoffrin est sous le nom de Cydalise.

On a obligé Palissot a supprimer plusieurs vers diffamants de sa piece.

PRÉFACE

DE LA

COMÉDIE

DES

PHILOSOPHES.

par l'abbé Morellet. /:

On la vend séparément

---

*le même auteur se plaignait en 1806 de la
critique XXX amère de Mr. Geoffroy. /:*

À PARIS,

Chez l'Auteur de la Comédie.

M. DCC. LX.

vendre * * * parce que je l'avois déja vendu plusieurs fois.

ET je disois : oh, qui me donnera l'éloquence de Chaumeix, la légéreté de Berthier & la profondeur de Fréron, & je ferai une bonne Satyre contre quelqu'un de mes Bienfaiteurs, & je la vendrai 400. Francs & je me donnerai un habit neuf à Pâques;

ET je roulois ces pensées dans mon esprit, & j'entendis une voix qui m'appelloit par mon nom, & je fus saisi de crainte, car j'ai peur même quand je suis seul, & la voix me rassura & me dit:

JE t'ai choisi entre mille pour sanctifier le Théatre de la Comédie Françoise, pour en faire une Ecole de Religion & pour y combattre la Philosophie, comme

*** *ma femme

on y a combattu le ridicule jufqu'à ce jour ;

E t la Comédie deviendra un
fpectacle d'édification , & les Ca-
pucins y enverront leurs Novices,
& les Supérieurs de Séminaire
leurs jeunes Clercs, & la dévotion
fera reconciliée avec le Théatre,
comme on l'a déjà *reconciliée avec
l'efprit* ;

E t on connoîtra déformais les
dévots à leur affiduité à la Comédie & aux applaudiffemens qu'ils
te prodigueront , & les hommes
irréligieux & Philofophes au mé-
pris qu'ils feront de ta piece & de
tes admirateurs ;

E t tu peindras de couleurs odieu-
fes la Philofophie , & tu accuferas
les Philofophes de n'avoir ni
mœurs ni probité , d'exciter la

A iij

sédition & de hair le Gouverne-
ment & je ferai taire en ta faveur
les Loix qui proscrivent la calom-
nie;

ET tu grossiras les fautes du
petit nombre de ceux qui dans
des ouvrages métaphysiques ont
poussé trop loin la liberté de pen-
ser & tu envenimeras même ce
qu'ils auront dit de vrai;

ET tu persuaderas à tes specta-
teurs que les hommes ressemblent
toujours à leurs livres, parceque
tu gagnerois encore à n'être pas
plus décrié que tes ouvrages;

ET tu donneras à entendre que
tous ceux qu'on appelle Philosophes ont les mêmes opinions, afin
que les fautes d'un seul rendent
tous les autres odieux;

ET le nom de Philosophe sera

une injure en François & lorſqu'on voudra nuire à quelqu'un on dira qu'il eſt homme de lettres , & on ſe gardera bien de choiſir des hommes inſtruits & des Philoſophes pour remplir les grandes places de l'adminiſtration ,

Et pour nommer aux places des Académies on ne demandera pas quels ſont les ouvrages des Candidats , mais quel eſt leur Confeſſeur & on mettra un tronc & un bénitier à la porte de la Salle & les diſcours de réception ſeront des Sermons contre *l'incrédulité* ,

Et on fera venir des Colonies de Moines Eſpagnols & Portugais pour ramener la ſimplicité de la foi & la pureté des mœurs des ſiecles d'ignorance, & pour extirper l'orgueil de la Philoſophie ; & on établira plusieurs Tribunaux de la sainte Inquisition ,

Et on n'imprimera rien qui ne soit approuvé par douze Docteurs en Théologie de Conimbre ou de Salamanque & par quatre Inquisiteurs ;

Et il y aura chaque année un bel *auto-da-fé* où on brûlera à petit feu un certain nombre de gens de Lettres pour le salut & l'édification des autres ;

Et lorsque la lumiere odieuse de cette maudite Philosophie sera tout-à fait éteinte & que tous les hommes célebres qui sont aujourd'hui parmi vous se feront dispersés en Hollande , en Prusse , en Angleterre , vous vous réjouirez & vous direz :

Enfin tout Philosophe est banni de céans ,
Et nous n'y vivrons plus qu'avec d'honnêtes gens.

ces deux vers ont été suprimés a la 2e representation des philosophes; ils finissoient la pièce.

Et ce fera ta Comédie qui aura produit ces grandes chofes ;

Et je dis à la voix comment s'accomplira ta parole, car j'ignore le théatre ; je n'ai de célébrité que par *les grands Philofophes* fur lef-quels j'ai fait *mes petites Lettres.* Ma Tragédie de *Zarés* n'a été qu'au fecond Acte, on a oublié jufqu'au nom de mes *Tuteurs* , & pour avoir fait à Nancy ma Piece des *Originaux* qui eft ignorée jufqu'à ce jour , peu s'en eft fallu qu'on ne m'ait chaffé d'une Aca-démie ;

Et la voix reprit : ne crains rien , je ferai avec toi & je don-nerai un heureux fuccès à ta Piece, & Maître Aliboron , dit Fréron de l'Académie d'Angers , t'aidera dans ton travail, & l'Auteur des Cacouacs que j'ai inspiré & Abraham Chaumeix & l'Auteur de l'Apologie de la St. Barthélemy que j'ai appellé mon fils, & l'Auteur du Discours qui sera prononcé le 10. Mars à l'Académie Françoise ;

Et vous recueillerez toutes les épigrammes des Préfets du College de Clermont & toutes les déclamations du Journal de Trevoux & toutes les injures de l'année littéraire & toutes les délicatesses des Cacouacs & tous les arguments de la Gazette ecclésiastique, & toutes les saillies de tes caillettes, & tous les traits d'éloquence des Mandements ;

Et vous prendrez une intrigue commune, & vous mettrez quel-

*M. Lefranc de Pompignan

ques scenes les unes auprès des
autres , & ces scenes seront ou des
raisonnemens vagues ou des injures grossieres ou des personnalités
révoltantes , & vous appellerez
cela les *Philosophes* ;

ET tu liras ta Piece qui ne sera
pas ta Piece à Monseigneur l'Evê-
que D * avant qu'on la joue , &
il la trouvera très-*édifiante* ;

ET la Cour & la Ville voudront
voir ta Comédie , & la foule y
sera plus grande qu'aux premieres
représentations de Zaïre , & on y
doublera la garde , & il se vendra
vingt mille exemplaires de ta
Piece imprimée ,

ET on verra une grande Dame * *
bien malade désirer pour toute
consolation avant de mourir d'as-
sister à ta premiere représentation ,

* *Du puy*

* * *m^{de} la princesse de Robecq*

A vj

& dire : *c'est maintenant, Seigneur, que vous laissez aller votre servante en paix, car mes yeux ont vu la vengeance.*

Et cette grande Dame fera un legs pieux par son testament pour acheter à perpétuité tous les billets de parterre aux réprésentations de ta Comédie, & ils seront distribués pour l'amour de Dieu à des gens qui s'engageront à applaudir, & pour être encore plus sûr de leurs suffrages tu feras dire finement par un de tes Acteurs *que l'ancien goût tient encore au parterre.*

Et bien que ta Piece soit sans intrigue & sans intérêt, qu'elle soit triste & affligeante mes serviteurs applaudiront aux méchancetés que tu y auras prodiguées, & nous rendrons les gens instruits ridicules & les Philofophes odieux.

Et je dis à la voix : je fuis dans ta main comme l'argile eft entre les mains du Potier , mais les Magiftrats ne voudront pas permettre que ma Comédie foit repréfentée , ni que ce genre de fpectacle s'établiffe dans ma nation ; les Comédiens ne voudront pas la jouer , & fi elle eft repréfentée je cours fortune d'être affommé par quelqu'un de ceux que j'aurai infulté.

Et la voix reprit : prends confiance, j'applanirai devant toi toutes les difficultés; des hommes puiffans protégeront ta Piece & s'en cacheront, & on s'écartera pour toi feul des loix ordinaires de la Police, & on ne permettra pas de jouer l'hypocrifie & le fcandale & la fri-

ponnerie & l'ignorance & les fot-
tifes , &c. mais feulement la Philofophie ;

Et les Comédiens aimeront
mieux l'argent que l'honneur , &
ils n'attendront pas qu'on les force
à jouer ta Piece , & fi quelqu'un
de leurs camarades leur repréfente
qu'ils vont perdre l'eftime & l'ami-
tié des gens de Lettres qui les hono-
roient , ils trouveront bon que tu
infultes fur leur théatre même à ce
cenfeur indifcret , & tu feras dire
à tes Acteurs que ces fripons de
Philofophes ont trouvé un parti
jufques parmi les Actrices ; *

Et pour te raffurer contre la
correction que tu dois craindre ,
parce que là où les loix fe taifent,
la violence reprend fes droits : j'en-
durcirai ton dos comme la boffe

* M.lle Clairon

des chameaux de Madian & d'E-
pha & ta peau comme celle des
Onagres du défert ;

Et fi tu fais ainfi mes volontés
quoique tu ne fois que le moindre
des littérateurs, tu deviendras tout
d'un coup célebre, & on te mon-
trera au doigt, & on dira : voilà
l'Auteur de la Piece des Philofophes, le voilà, parce que j'ai choi-
fi ton petit efprit pour confondre
le génie, & ton ignorance pour
décrier le favoir ;

Et les honnêtes gens ne voudront pas plus te recevoir dans
leurs maifons qu'avant ta Comédie, mais ils demanderont qui tu
es & ce que tu faifois avant de
faire ta Piece *des Philofophes* ?

Et on leur racontera comment
tu es natif de Nancy, & comment

tu as fait de bonne heure de petits ouvrages & de grandes friponneries,

Et comment tu as fait une Comédie en Lorraine où tu as mis sur la scene une femme respectable *par sa naissance & par ses talens, & un Philosophe** dont tu n'es pas digne de dénoüer les cordons des souliers, & comment les honnêtes gens de ton pays ont voulu te faire chasser de l'Académie de Nancy, & comment le Philosophe que tu avois insulté & que tu insulteras encore a été ton intercesseur,

Et comment tu as fait des satyres contre des personnes qui te recevoient chez elles, & comment tu as volé tes associés au privilege des Gazettes étrangeres, & comment tu as volé une caisse qui

*M.ᵈᵉ la m.ⁱˢᵉ du Chatelet
** M. de Voltaire

t'étoit confiée & comment tu as fait banqueroute,

Et comment tu as fait abjurer le Christianisme à un de tes camarades dans une partie de débauche & comment tu as fait de ta maison un mauvais lieu & comment ******** &c.

Et comment Maître Aliboron, dit Fréron, de l'Académie d'Angers, t'a trouvé propre à seconder ses grands desseins & t'a pris dans son trou pour abboyer avec lui & pour insulter aux talens & au génie,

Et tous tes autres faits & gestes ainsi qu'ils seront un jour écrits au livre des grandes chroniques de Bissêtre ;

Et lorsqu'on aura remué les ordures de ta vie, on s'étonnera de

te voir devenu tout à coup l'Apô-
tre des mœurs & le défenſeur de
la Religion , & on demandera
comment un homme qui n'a ni
Religion , ni mœurs , ni probité ,
oſe-t-il parler de probité,de mœurs
& de Religion , & tu répondras
que la foi couvre la multitude des
péchés , & qu'il vaut mieux être
frippon qu'incrédule & crapuleux
que Philoſophe, & on trouvera ta
réponſe bonne ;

Et ſi on te demande qui t'a en-
voyé & qui t'a ordonné d'écrire ta
Comédie , tu diras que ç'eſt moi ,
& je vais me faire connoître à toi
& deſſiller tes yeux ;

Et la voix ceſſa de parler & je
ſentis comme un nuage ſe diſſiper
de devant mes prunelles , & je vis
une petite femme vêtue d'un ha-

bit de différentes couleurs & elle avoit une ancienne coëffure de la fin du régne de Louis XIV. & elle tenoit un ftilet dans fa main droite & dans fa gauche un chapelet, & de fon bras pendoient par des cordons des croix de différents ordres, des Bâtons de Commandement, des Mortiers, beaucoup de Mitres, des Brevets de toute efpece & une grande quantité de Bourfes,

Et elle faifoit beaucoup de grimaces,

Et elle avoit les yeux baiffés, regardoit en deffous & detriere elle avec inquiétude.

Et je la voyois grandir fenfiblement pendant que je la regardois, & je conjecturai que dans peu de temps elle feroit forte & puiffante ;

Et sur son front étoit écrit *la dévotion politique* ;

Et je me prosternai à ses pieds , & elle me donna une de ses bourses , & elle mit sa main sur ma tête , & je me sentis animé de son esprit , & je me mis à écrire ma Comédie des Philosophes comme il s'ensuit.